ÉPITRE A ODRY,

SUR

LE BONHEUR DES GENS DE LETTRES;

POUR FAIRE SUITE AUX ÉPITRES

DE M. CASIMIR DELAVIGNE A M. LAMARTINE,

ET

DE M. LAMARTINE A M. CASIMIR DELAVIGNE.

PAR M. L. M. B.

PARIS,

DELAUNAY, libraire, au Palais-Royal,
C. FARCY, imprimeur, rue de la Tabletterie, n° 9,
L'AUTEUR, rue Saint-Jacques, n° 122,
Et les Marchands de Nouveautés.

1826.

PARIS,

Imprimerie de C. FARCY, rue de la Tabletterie, n. 9

AVIS.

J'avais songé d'abord à donner une grande vogue à cet opuscule, en commençant par publier la *quinzième* édition, ainsi que cela se pratique quelquefois de nos jours ; mais, j'ai fait réfléxion que la bonne foi est infiniment préférable, en toute chose, au mensonge, et que d'ailleurs cette ruse ne peut plus aujourd'hui tromper le public (1). J'avouerai donc que cette édition est la première ; mais comme le succès n'en peut être douteux, je l'ai fait tirer à cinq cent

---

(1) Je me souviens toujours, quand je publie un nouvel ouvrage, d'avoir lu dans l'impassible *Journal Général de la Librairie*, un avis ainsi conçu :

Neuvième édition des Médit..... Poët..... *Nous déclarons que les 4ᵉ, 5ᵉ, 6ᵉ, 7ᵉ et 8ᵉ nous sont inconnues.*

Cet avis salutaire me retiendrait dans les bornes de la vérité, si jamais j'étais tenté de mentir au public, en pareille circonstance, dont Dieu me garde !

mille exemplaires. Ce nombre est à peu près la moitié de la population de Paris; de sorte qu'en déduisant les enfans au maillot, les aveugles, les gens qui ne savent pas lire et ceux qui n'ont pas la louable coutume d'user de cette faculté, chacun peut espérer d'avoir son exemplaire.

ÉPITRE A ODRY,

SUR

LE BONHEUR DES GENS DE LETTRES.

Inimitable Odry (1) que je te porte envie !
Rien ne peut altérer le bonheur de ta vie.
Est-il vrai que pour toi l'évangile aurait dit
Que « bienheureux sont ceux qui sont pauvres d'esprit » (2) ?
Pourtant, divin Odry (3), ce n'est point à ce titre,

---

(1) Jusqu'ici La Fontaine avait seul obtenu dans la littérature française le surnom *d'Inimitable* ; mais, j'ose le prédire, le dix-neuvième siècle aura la gloire d'avoir produit un second poëte honoré de ce rare surnom. La chanson, ou plutôt le poëme de M. Odry sur les *Bons Gendarmes*, et le début de sa Messénienne intitulée l'*Homme fossile*, ne seront certainement jamais *imités*. Ils nous ont révélé un talent qui ne s'était sans doute caché sous l'apparence de la stupidité, que pour briller ensuite, au moment le plus inattendu, de tout l'éclat du génie.

(2) J'avais d'abord été tenté de croire, comme un grand nombre de personnes, que ce passage de l'Évangile pourrait bien concerner M. Odry ; mais j'ai pensé, depuis, que les comédiens étaient jadis excommuniés, que bientôt, peut-être, ils jouiraient encore de cette ancienne prérogative, et qu'ainsi je ne pouvais, sans impiété, faire à mon héros l'application d'un passage des saintes écritures.

(3) L'épithète de *divin* sera peut-être trouvée un peu forte.

Que j'ai rimé pour toi cette modeste épître ;
Et s'il était un nom plus que le tien fameux ,
Plus digne de passer à nos derniers neveux ,
Un nom plus révéré de la foule idolâtre
Qui se rend chaque soir à ton joyeux théâtre ,
Et toujours satisfaite y revient tous les jours
Pour entendre et citer tes nombreux calembourgs (4) ;
Un nom , s'il en est un , du couchant à l'aurore ,
Plus connu que le tien et plus célèbre encore ,
J'irais , je le confesse , au bout de l'univers
Pour faire à ce mortel hommage de mes vers.
Mais , je n'ai vu que toi , je te le dis sans rire ,
Dont le nom pût donner quelqu'éclat à ma lyre ,
Et je ne craindrai pas , quand on saura pourquoi ,

Cependant , qu'on fasse attention qu'Homère l'emploie à tout propos , et en gratifie la plupart de ses personnages : θειως Αιας , θειως Αχιλλης. Il m'est bien permis de l'employer aussi , moi qui ne la donne qu'à l'objet de mon exclusive admiration ; au surplus si j'ai mal appliqué cette épithète , j'aurai cela de commun avec le célèbre législateur du parnasse français , à qui l'on a tant reproché ces deux vers :

> Sans la langue , en un mot , l'auteur le plus *divin*
> Est toujours , quoiqu'il fasse , un méchant écrivain.

(4) Je ne parle ici qu'à regret des calembourgs dus à l'esprit ingénieux de M. Odry. Ils ne sont , il est vrai , que ses moindres titres à la gloire ; mais c'est par eux qu'il a commencé a se faire connaître. Par la même raison , je ne parlerai pas de la complainte de *Clara Wendel*. Cette production est tellement au dessous des autres , qu'on pourrait même penser qu'il n'en est pas l'auteur.

Qu'on en prenne sujet de se gausser de moi.
Je crois, malgré cela, que j'aurais pu mieux faire,
Et qu'à certains esprits mon titre va déplaire.
Qu'importe qu'un pédant, de nos vers ennemi ,
Me dise: uste ciel ! comment choisir Odry !
Un auteur qui naguère a prêché la morale (5),
Dans le monde savant causer un tel scandale...!
Eh ! voilà justement, peu clairvoyant esprit,
Pourquoi j'ai fait d'Odry l'objet de cet écrit (6).

---

(5) Après avoir publié le *Plutarque moraliste* et le *Labruyère des jeunes gens*, qui se vendent chez le libraire Emery, rue Mazarine, les esprits superficiels me blâmeront sans doute, d'avoir passé mon temps à rimer cette épître ; mais j'aurai pour moi les esprits transcendans qui n'ignorent pas que maître Nicolas Despreaux a dit quelque part, qu'il faut savoir

Passer du grave au doux, du plaisant au sévère.

Je dors donc bien tranquille ; et puisque les hommes supérieurs ne me désapprouveront pas , je n'ai rien à craindre de la part des autres. S'attaqueront-il à mon héros ! Mais malheur à eux ! car je lui mets dans la bouche ces deux vers d'Aménaïde :

Sur son jugement seul un grand homme appuyé ,
A l'univers entier oppose son estime.

et nous verrons après s'ils oseront seulement le regarder en face.

(6) On n'eût pas été surpris en effet de me voir faire une épître à M. Lamartine, ou à M. Casimir Delavigne ; c'est une marque de courtoisie que les grands poëtes ont coutume de se donner les uns aux autres, pour l'édification du public ; mais les gens qui s'étonnent de tout, s'étonneront de me voir adresser des vers à M. Odry , à un poëte naissant, dont la réputation n'est pas encore tout-à-fait européenne ; mais patience , la postérité jugera si j'avais raison.

(8)

C'est le poëte heureux qu'en lui je cherche et trouve,
Et quelques vers plus bas, messieurs, je vous le prouve.
Qu'Odry fasse des vers ou trop courts ou trop longs,
Quelqu'un a-t-il osé ne pas les trouver bons (7) !
Est-il un seul journal, classique ou romantique,
Qui se soit avisé d'en faire la critique (8) !
Non, il parle, il écrit à tort comme à travers ;
Il fait plus, il imprime (9) ; on proclame ses vers.

---

(7) Je sais bien que quelques esprits caustiques n'ont pas trouvé les productions de M. Odry les plus belles du monde ; j'ai même entendu critiquer plusieurs passages qu'en bonne conscience je ne saurais comment défendre ; mais ne faut-il rien passer au génie ? et toutes ces taches ne peuvent-elles pas être appelées, comme tant d'autres, heureuses licences, où tout au plus, négligences pardonnables. J'ai lu la *Mort de Socrate* par l'un de nos poëtes les plus célèbres, et quand j'ai vu comparer le plus laid des hommes à un lys, à Endymion à Adonis, etc.... j'ai commencé par être un peu choqué, mais ensuite j'ai trouvé que cela était beau.

(8) C'est en effet une chose remarquable ; les journaux n'ont point parlé des charmantes productions dont j'ai fait mention dans la note première, et je me suis rappelé, en réfléchissant sur leur silence et sur le mérite de ces morceaux précieux, notre vieil adage *qui ne dit mot consent.*

(9) On sait avec quel luxe typographique la chanson des bons gendarmes et les messéniennes ont été imprimées. J'avais bien envie, pour faire honneur à mon auteur favori, d'imprimer mon épître avec autant de recherche, mais je n'avais pas assez d'argent. Si mes 500,000 exemplaires sont aussi lestement enlevés que la complainte de Cadet Roussel sur le droit d'aînesse, je ferai faire une seconde édition sur vélin, et je la ferai dorer sur tranche.

Au théâtre on dit bien : Dieux ! qu'il est imbécille !
Mais il n'en est pas moins un phénix dans la ville.
Qu'il invente, imagine, on ne le pille pas ;
On accuse encor moins ses vers de plagiats (10).
Il est toujours lui-même, et jamais la cabale
N'est là pour chagriner sa muse originale ;
Il est unique enfin ; il marche sans rivaux,
Et n'a point d'ennemis puisqu'il n'a point d'égaux (11).
    Dans ce siècle bizarre où l'on a la folie
D'opposer le copiste à l'homme de génie,
Que voit-on tous les jours ? un stérile arrangeur
S'emparer d'un écrit dont il n'est point l'auteur.

---

(10) Un grand nombre de savans, versés dans la littérature ancienne et nouvelle m'ont assuré, et je me permets de joindre mon avis au leur, qu'on ne rencontre rien de semblable aux productions de M. Odry dans les restes de l'antiquité et dans les morceaux littéraires dont les temps modernes s'honorent le plus. Anacréon, Pindare, Horace, Malherbe, Jean Baptiste Rousseau et tant d'autres qui jouissent de quelque célébrité, n'ont rien qu'on puisse l'accuser de leur avoir pris. De quel poëte lyrique en peut-on dire autant ? De plus, il est aussi clairement prouvé qu'aucun contemporain ne lui a dérobé une seule phrase. C'est assurément jouer de bonheur dans le temps où nous vivons.

(11) J'ai cru pouvoir affirmer ce fait, bien que l'amour-propre des auteurs exige en pareil cas beaucoup de circonspection, mais, en effet, est-il jusqu'à ce jour un seul littérateur qui se soit cru l'égal d'Odry. Ne voilà-t-il pas que, malgré ma vénération pour lui, je viens de retrancher l'M majuscule que j'avais toujours placée devant son nom. Mais, n'est-on pas dispensé de semblables cérémonies avec les hommes célèbres ? et disons-nous monsieur Corneille ; monsieur Racine, monsieur Molière ?

Pour faire croire à tous que cette œuvre est la sienne,
Si la scène est à Rome il la transporte à Vienne.
Le héros est-il prince , il l'habille en bourgeois,
Ou d'un noble breton il fait un francomtois.
Que d'heureux changements son talent imagine !
Il ferait d'un salon une ignoble cuisine....
Mais à quoi se réduit l'effort de son cerveau ?
A nous donner pour neuf ce qui n'est point nouveau.

 Un autre, compilant volume sur volume ,
Réunit les discours sortis d'une autre plume ,
Les arrange par date , et les classe si bien
Qu'en signant le recueil il passe pour le sien.

 Ailleurs, c'est un faquin qui prendra dans Voltaire
Le sujet et le plan d'un drame qu'il veut faire ;
Il se hâte , il se presse et court au Boulevard ;
Mais hélas ! par malheur, il arrive trop tard:
Un autre plus alerte a lu son mélodrame ;
Même fond , même titre , enfin même vacarme (12).
Le pauvre diable , alors, se retire confus,
Et jure entre les dents qu'il ne pillera plus.

 D'Odry , je le demande, et les vers et la prose
Ont-ils à redouter une semblable chose ?
Je ne le pense pas , et quand il sera mort
Et sa prose et ses vers auront un autre sort :
On n'y touchera point (13), messieurs, et voici comme

---

(12) Je n'ignore pas que rigoureusement , *mélodrame* et *vacarme* ne riment pas ensemble ; mais je m'autorise de l'exemple
de mon auteur, qui n'a pas craint d'en faire rimer bien d'autres...
(13) On pourra certainement dire de ses ouvrages, ce que Vol-

On saura respecter les œuvres du grand homme.

Si je porte plus loin mon œil observateur,
Par bien d'autres raisons j'envierai son bonheur.
J'en pourrais fournir cent; mais sans en chercher d'autres
On n'a qu'à comparer ses succès et les nôtres.

Oh! vous donc, chers enfans du divin (14) Apollon
Qui lisez tous les soirs vos vers dans un salon,
Et dont la poësie est profane ou sacrée,
Selon le temps, les gens, leur ton et leur livrée,
Répondez, je vous prie : auprès des chastes sœurs
Quelle est votre espérance en briguant leurs faveurs?
Point de vagues détours, d'aveu jésuitique (15);
Vous visez, n'est-ce pas, à l'estime publique ?
Vous aimez, en entrant chez un riche banquier
Qu'il vous regarde au moins d'un œil familier?
Lisez vous chez le comte, ou bien chez la baronne,
C'est pour être invités aux repas qu'on y donne ;
Et vous êtes joyeux, si, durant le festin,

---

taire disait des vers sacrés d'un poëte presqu'aussi connu que
M. Odry :

Sacrés ils sont, car personne n'y touche.

(14) *Divin.* C'est la seconde fois que cette épithète paraît dans
mon épître, mais puisque je l'ai donnée à M. Odry, Apollon peut
bien y prétendre.

(15) Je prie le lecteur de croire que je n'ai eu aucune mauvaise intention en amenant ici le mot *jésuitique.* La poësie aime
les antithèses, et comme les idées que réveille ce mot contrastent assez bien avec *estime publique,* qui vient au vers sivant,
c'est pourquoi je me suis laissé aller à l'employer.

On parle de vos vers quand vous sablez leur vin?

Vous vous croyez heureux, permettez que j'en doute,
Et voyons les soucis que ce bonheur vous coûte.

D'abord pour être admis à lire à ce banquier,
Vos vers très-bien écrits, sur de très-beau papier,
Il vous faut avaler cent propos de finance,
Avant qu'on se décide à vous prêter silence;
Et, je dois l'avouer, il serait peu décent
Qu'on vous laissât parler avant le trois pour cent;
Se peut-il que la rente, en cette compagnie,
Cède jamais le pas à l'œuvre du génie?
Et n'est-il pas, aussi, conforme à la raison,
Que l'on s'occupe un peu des droits de sa maison;
Je vous vois donc, malgré le désir qui vous presse,
Forcés de reculer devant le droit d'aînesse (16).

Cependant on se tait; on semble avoir tout dit,
On veut bien écouter l'œuvre de votre esprit,
Vous lisez; mais qu'entends-je? un commis qui chuchotte
Et qui préférerait jouer à la bouillote (17);

---

(16) Le projet de loi sur le droit d'aînesse ayant été enterré
avant la naissance de mon épître, il semble que j'aurais dû retrancher ce passage, comme n'étant plus de saison. Mais comme les partisans de cette noble conception continuent à la défendre, espérant qu'elle reparaîtra dans tout son éclat l'année
prochaine, j'ai dû laisser subsister ces quatre vers.

(17) Je sais que ce jeu n'est plus de mode, et que, dans tous
les salons, le rapide *écarté* s'est emparé du tapis vert. Mais je prie
le lecteur d'observer que le mot *écarté* ne saurait rimer avec *chuchotte*, et j'espère qu'une aussi bonne raison me fera pardonner
d'avoir mis *bouillote*.

Et votre dernier vers est à peine entendu ,
Que déjà sur la table il a mis son écu.

Pourtant chacun vous loue , et , comme à l'ordinaire,
Par forme on applaudit votre œuvre littéraire ;
De ce cercle un moment vos vers font l'entretien ,
Mais , ce moment passé , l'on n'en dira plus rien.

Si vous lisez vos vers chez un haut personnage ,
Ce n'est plus du banquier l'abord ni le langage.
Il faut en saluant courber un peu le dos ,
Se faire au ton du maître et mesurer ses mots ;
Est-il religieux et surtout monarchique (18) ?
Il faut contre les Grecs faire une philippique ;
Si c'est un grand seigneur ennemi des tyrans ,
Il faut en vers pompeux tuer les Ottomans ;
Autrement point d'amis ; et votre pauvre muse
Sur ses nobles destins étrangement s'abuse.
Et vous me direz tous que vous êtes heureux !
Sur trente jours du mois vous ne l'êtes pas deux.

Mais dans mon zèle ardent je vais trop loin, peut être;
Et de mes sentiments je ne suis pas le maître.
A l'immortel Odry j'ai voué tant d'amour ,
Que je dirais, je crois, qu'il fait nuit en plein jour ,

-----

(18) Ç'a été long-temps pour moi un problême de savoir comment les hommes à qui je donne ici les titres de *religieux* et de *monarchiques* , pouvaient approuver l'extermination des Grecs par les Turcs. J'ai fini par comprendre que la plupart d'entr'eux croyaient que les Grecs étaient payens. Je conseille à ceux qui sont plus instruits de s'emparer de cette excuse : car il vaut mieux paraître ignorant que barbare.

Que pour aller à Rome il faut passer la Manche ,
Que sur le saint Gothard la neige n'est pas blanche ,
Plutôt que d'avouer qu'il est un seul auteur ,
Réunissant d'Odry la gloire et le bonheur.

Admettons, cependant, que vous sachiez vous faire
Aux caprices des gens à qui vous voulez plaire ,
Et qu'ultrà chez les uns , chez d'autres libéral ,
Votre esprit soit du siècle un portrait littéral ;
Quelle est à vos pareils l'estime qu'on réserve ?

Supposons même , encor , que votre heureuse verve
Sache prendre et garder le plus juste milieu ;
A toute renommée il faudra dire adieu.
Aurez-vous de l'esprit, aurez-vous du génie
Si vous ne tenez point à quelque coterie ?
De l'une adoptez-vous le langage et le ton ?
Dans l'autre , pour certain , vous serez un oison.
Gresset l'a déjà dit ; je cite mon apôtre :
L'aigle d'une maison est dindon dans une autre.
Et d'ailleurs quel journal voudra parler de vous
Si vous ne partagez son esprit et ses goûts ?

Chez un peuple léger , remuant et caustique,
Pour faire un peu de bruit vive la politique !

C'est alors que sans honte on peut, broyant du noir,
Dire bleu le matin et dire blanc le soir ;
On n'entend rien souvent à tout ce bavardage ,
Mais qu'importe à l'auteur, il a fait du tapage.

L'écrivain qui prétend régenter l'univers;
Décemment pourrait-il s'occuper de vos vers ?
Que des rois ou du peuple il défende la cause ,
Des vers sont à ses yeux une futile chose ;

Irez-vous les offrir aux ministériels?
Mais quel mince ballot pour des industriels !
   Qui de vous ou d'Odry, tout haut je le répète,
Doit avoir de son sort l'âme plus satisfaite ?
Sans beaucoup y prétendre il est partout cité,
Et seul, en calembourg, il fait autorité ;
Sa gloire est assurée, et vous avez beau faire,
La vôtre est de salon, la sienne est populaire.
   Qu'un journal, quelquefois, hasarde un calembours (19),
C'est sous le nom d'Odry qu'il le donne toujours (20) ;
Il aurait à rougir de piller ce grand homme.
Dans ce genre d'esprit c'est lui seul qu'on renomme.
Il fait école enfin ; et je vois l'artisan
Répéter ses bons mots à ce commis marchand,
Qui poussé, le dimanche, au bal de la guinguette,
Les redit aussitôt tout bas à la grisette.
Aussi, le lendemain, la déesse aux cent voix
Les fait-elle arriver chez nos petits bourgeois ;
Et quoique le bon goût soit constamment en garde,
Au milieu des salons par fois on les hasarde ;
Mais pour punir le fat qui se fourvoie ainsi,
On lui dit, aussitôt : Vous parlez comme Odry.
   C'est ainsi que son nom passe de bouche en bouche ;
Qu'au moindre mot plaisant on reconnaît sa touche ;

---

(19) Je me suis permis de remplacer le *g* qui termine ce mot, par un *s*, afin que la rime fût plus régulière pour l'œil ; l'oreille n'y perd rien.

(20) *On prête volontiers à gens riches* ; c'est un vieux proverbe dont M. Odry nous prouve la justesse.

D'un laurier immortel son front est couronné,
De l'estime du peuple il marche environné.

O toi donc qui jouis de tant de renommée,
Dont la gloire n'est point une vaine fumée ;
Puisse le ciel propice, en prolongeant tes jours,
T'inspirer tous les mois mille bons calembourgs ;
Et quand la mort aura (21) pesé sur ta paupière,
Que de ces calembourgs on décore ta bière ;
Et pour te procurer un paisible repos
Qu'on te fasse un rempart (22) de tes meilleurs bons mots.

---

(21) Je pense que les lecteurs attentifs ne laisseront pas échapper l'agréable jeu de mots qui fait tout le mérite de ce vers. *La mort aux rats*, justement quand il s'agit du trépas de mon héros ! c'est lui sans doute qui m'a inspiré. J'ai pourtant quelque crainte que cela ne soit pas neuf ; ce serait dommage.

(22) Quelques amis, à qui j'ai lu cette épître avant d'en régaler le public, ont cru voir dans ce dernier vers une intention épigrammatique ; ils ont prétendu que ce rempart éloignerait tout le monde, et que c'est ainsi qu'il procurerait au défunt un repos paisible ; je ne puis empêcher les mauvaises interprétations. Quand je serai procureur du roi ce sera autre chose.

www.ingramcontent.com/pod-product-compliance
Lightning Source LLC
LaVergne TN
LVHW021506060726
842527LV00006B/2474